LE NOUVEAU

SPECTRE ROUGE

PARIS. — IMPRIMERIE EM. VOITELAIN ET CIE

61, RUE J.-J.-ROUSSEAU, 61

ROBERT LUZARCHE

LE NOUVEAU

SPECTRE ROUGE

PARIS

ARMAND LE CHEVALIER, ÉDITEUR

RUE DE RICHELIEU, 61

1870

Un des travers les plus tenaces du caractère
français est sa foi profonde, illimitée dans les pouvoirs forts.

Chez nous le despotisme survit aux despotes,
et, las d'être asservis, nous avons cependant peur
d'être libres.

Périodiquement nous changeons de maîtres.

Périodiquement la colère publique efface une
inscription aux frontons de nos édifices et la rem-
place par une devise nouvelle ; mais elle oublie
toujours d'effacer de ces édifices leurs destinations
premières : forteresse, église, prison.

Nous accusons alors de nos déceptions et de
nos fautes une sublime inconnue, une grande ca-
lomniée : la Liberté.

Si l'autorité, si la force brutale font peau neuve ;
si elles endossent la carmagnole et coiffent le
bonnet phrygien ; si au nom de la Raison ou de

l'Être suprème elles relèvent les autels renversés ;
si au nom du salut public elles ressuscitent l'in-
quisition, nous ne crions pas : Sus à la force !
mais bien : Sus à la Liberté ! à la Révolution, à
l'Anarchie !

L'histoire se remplit ainsi de fantômes, et la légende semble n'avoir dépouillé ses formes naïves
que pour mieux s'emparer des faits contemporains. Elle recueille pêle-mêle traditions populaires, superstitions, préventions, calomnies, érige
le tout en articles de foi, et, comme au Moyen
Age, ameute volontiers la foule contre les esprits
forts, qu'ils s'appellent Quinet, Michelet ou Proudhon.

De là le Spectre rouge.

Que les peureux cependant regardent de plus
près l'apparition. Ils ne reconnaîtront précisément
en elle que ce qu'ils acclament et ce qu'ils vénè-
rent : le despotisme, la force, la raison d'État,
dans leurs dernières mascarades.

I

LE PREMIER SPECTRE ROUGE

RICHELIEU

Le règne de Louis XIII a fourni des thèmes
innombrables à l'histoire, au drame, au roman.
Il reste cependant beaucoup à dire sur cette
époque, féconde en événements dont nous su-
bissons encore l'influence occulte. Notre méthode pour écrire l'histoire semble de tout
temps s'être inspirée d'un esprit plus attentif
aux préoccupations des grands qu'aux aspirations des petits, aux querelles d'antichambres
qu'aux bruits de la rue. C'est ainsi, par exemple, que de gros volumes ont paru sur les in-
trigues de cour qui se terminèrent par la dis-
grâce et le meurtre du maréchal d'Ancre; c'est
encore ainsi que M. Victor Cousin s'est pas-
sionné pour l'étude de ces insignifiantes guerres
de la Fronde qui, d'après la propre expression
du savant écrivain, furent « tout simplement

une coalition d'intérêts particuliers. » En cette occasion comme en beaucoup d'autres, l'histoire des rois de France et de leurs cours a fait négliger l'histoire des Français. Des querelles où quelques ambitions personnelles se trouvaient seules en jeu ont suffi pour rejeter dans l'ombre les héroïques, les suprêmes résistances du parti de la Réforme au principe monarchique et centralisateur qui triomphe avec Richelieu au siége de La Rochelle, et c'est brièvement, avec une sorte d'indifférence, que les historiens nous font assister à l'agonie du siècle de Luther, de La Boëtie, de Rabelais, effacé par le siècle de Louis XIV.

La Réforme n'avait pas apporté en Angleterre et dans les Pays-Bas seulement les germes d'une révolution politique. En France aussi elle cherchait volontiers noise aux prérogatives de la noblesse et s'attaquait à l'autorité royale elle-même. Les *Commentaires* du vieux Blaise de

Montluc, qui fit pendre, arquebuser, noyer
quelques vingt mille huguenots, rapportent les
audaces de l'hérésie.

« Les ministres, écrit Montluc, preschoient
publiquement que s'ils (les paysans de la
Guyenne) se mettoient en religion, ils ne paye-
roient aucuns devoirs aux gentilshommes, ni au
roy aucunes tailles, que ce qui luy serait or-
donné par eux. Autres preschoient que les roys
ne pouvoient avoir aucune puissance que celle
qui plairoit aux peuples. Et de faict, quand les
procureurs des gentilshommes demandoient des
rentes à leurs tenanciers, ils leur respondoient
qu'ils leur montrassent en la Bible s'ils les de-
voient payer ou non, et que si leurs prédéces-
teurs avoient été sots et bestes, ils n'en vouloient
point estre. Quelques-uns de la noblesse com-
mençoient à se laisser aller, de telle sorte qu'ils
entroient en composition avec eux, les priant
de les laisser vivre en seureté dans leurs mai-

sons avec leurs labourages, et quand aux rentes et fiefs ils ne leur en demandoient point. »

Le résultat probable du triomphe de la Réforme en France était alors l'émancipation des communes et une fédération républicaine des provinces. En admettant même que les éléments aristocratiques de l'hérésie prissent le dessus, l'avénement du parlementarisme devenait la moindre conquête qu'on en pût attendre. Et quel peuple aurait fait de nous la Révolution si elle avait suivi cette voie progressive, logique, indiquée dès le onzième siècle par les républicains obscurs qui affranchirent leurs communes, continuée au quatorzième par Estienne Marcel ! L'abjuration de Henri IV débarrassa l'hérésie de ses adeptes royalistes, et, s'il affaiblit numériquement son armée, donna en même temps plus de force aux grands principes qui marchaient de front avec la rénovation religieuse.

En 1625, la Saintonge, le Poitou, la Guyenne, le Languedoc appartenaient de fait au calvinisme. Au milieu de la France monarchique, des villes s'étaient déclarées libres et se gouvernaient d'après leurs propres lois : telles Privas, La Rochelle, Alais. Richelieu alors joua la suprême partie de l'absolutisme catholique contre la liberté politique et la liberté de conscience. Dix ans après la Raison d'État triomphait avec l'unité.

C'en était fait sans doute des prétentions féodales de la noblesse, mais c'en était fait surtout des espérances démocratiques, des aspirations fédéralistes du Tiers-État. Le cardinal, ayant vaillamment bâclé le gros de la besogne, léguait à ses timides continuateurs une tâche facile.

Mazarin, en face de menées ambitieuses mal dissimulées par un semblant de parlementarisme, aura bon marché de la noblesse. Si le

regain du calvinisme, si les revendications politiques mal éteintes, si les souffrances sociales
suscitent encore çà et là quelques ferments de
révolte, l'insurrection, circonscrite dans une
contrée, sera lentement peut-être, mais toujours
sûrement vaincue. Ainsi des sabotiers en Solo-
gne, et plus tard des Camisards dans les Cévennes.

Voici apparaître le Roi-soleil. Il n'est plus en
France qu'une ville, Versailles, et cette ville est
une cour. Les querelles des partis ne se vident
plus sur les barricades ni sur les champs de bataille, mais dans les antichambres royales. Les
meilleurs esprits n'échapperont pas à cette con-
tagion de servilisme. C'est en flattant « Louis »
que Molière parvient à racheter les hardiesses
du Tartuffe. La révocation de l'édit de Nantes
ruine et dépeuple un tiers du territoire fran-
sais sans qu'une rébellion armée réponde à ce
crime de lèse-nation. Et cependant le catholicisme agonise. La dévotion du grand siècle est

à la foi qui se meurt ce que la Sorbonne est à
Notre-Dame. L'affranchissement religieux, dou-
blé de l'asservissement politique, ne fait qu'abaisser et pervertir les consciences. Le sceptique
Baville renouvelle dans les Cévennes les féroci-
tés de Simon de Montfort, sans avoir comme
lui le fanatisme pour excuse. La Bruyère, Pascal constatent les progrès de l'athéisme. « L'hérésie du temps, écrit Nicole, n'est plus le lu-
thérianisme ni le calvinisme, c'est l'athéisme. »
Cet athéisme-là, d'ailleurs, est encore respec-
tueux, discret, fort enclin à la discipline ; il vit
en bonne intelligence avec l'Église, et pratique
même à ses moments perdus. Mais voilà que
l'incrédulité, apanage des beaux esprits et des
gens de cour, pénètre déjà dans la bourgeoisie ;
bientôt elle envahira le peuple, et alors 1795
retournera contre la monarchie absolue ses
moyens ordinaires : les proscriptions, la terreur.
Richelieu aura rendu possible Robespierre, qui
à son tour fera tolérer Bonaparte.

L'omnipotence royale, follement édifiée sur les ruines de la foi, n'aura pas vécu deux siècles; elle s'abîmera d'un seul coup dans sa vaniteuse impuissance. Désormais l'avenir n'appartient plus à la Réforme, mais à la Révolution. Les novateurs ne s'appelleront plus Théodore de Bèze ou Calvin, mais Voltaire, Rousseau ou Diderot; la force populaire, substituée à l'autorité royale, s'affirmera comme elle par la violence; les persécutés de la veille seront à leur tour intolérants et persécuteurs, et dans le pays condamné par Richelieu à l'unité de lois, de mœurs et de croyances, voué pour plusieurs siècles à des dictatures tour à tour monarchiques et révolutionnaires, l'image de la démagogie revêtira la robe du sanglant cardinal.

II

LE DIX AOUT

Les hommes de la Révolution française ont été classés, casés, étiquetés avec un sans-façon plein d'audace. Sectes, églises, coteries se sont bravement parées de leurs dépouilles, et c'est presque toujours en insultant aux sépultures voisines qu'elles ont rendu hommage à leurs morts. Mieux eût valu, peut-être, une période nouvelle d'ingratitude et de silence sur cette fosse commune où Danton a suivi de près Anacharsis Clootz, où Vergniaud a dû pardonner à Camille Desmoulins.

Entre autres facultés surnaturelles, nous attribuons complaisamment le don de seconde vue aux révélateurs de notre foi politique. Nous nous persuadons volontiers que les acteurs du drame immense et rapide qui se joua du 10 août au 9 thermidor, ont débité des rôles appris d'avance. Rien n'est accordé aux éventualités, aux nécessités des temps, à l'imprévu. Une boutade de Camille Desmoulins, un geste de Danton, un gros mot d'Hébert, sont recueillis, définis, commentés, et feront désormais partie d'un système politique, s'ils ne le créent, ce qui s'est vu. Puis, si sur ce mot, si sur ce geste l'interprétation des fidèles arrive à n'être plus tout à fait identique, il y aura bientôt scission dans l'école, et l'on verra se produire alors des polémiques plus ardues que n'en sut jadis engendrer la bulle *Unigenitus*. Hasardeuse méthode qui amène à chercher des principes là où il n'y a eu que des faits, et qui a conduit tels esprits jeunes et passionnés à voir dans la machine du docteur Guillotin l'expression d'une pensée révolutionnaire.

Il ne faudrait pas oublier que non-seulement

la Révolution ne se fit ni par le tribunal de Fouquier-Tinville, ni par le Comité de salut public, mais que même elle se fit beaucoup moins par l'Assemblée constituante et la Convention que par la rue, les sections et les clubs. Le peuple du 10 Août étonna et distança ses tribuns; il fit des modérés de la veille les exagérés du lendemain, et les modérés du lendemain des exagérés de la veille. Tout n'a pas été dit sur l'état des esprits en France, et surtout à Paris, à l'époque où parut se perdre la foi monarchique.

Quoique en 1792 le droit absolu de réunion ne fut pas encore inscrit dans la loi, Paris l'exerçait alors avec une entière liberté. Né dans la foule aux jours d'émeute, ce droit n'est pas, en effet, de ceux qui se discutent, se marchandent et se mesurent. Il est toujours repris le premier sur les révolutions, dont il est la

première conquête. Aussi ne nous a-t-il appar-
tenu qu'en de courtes périodes d'effervescence
populaire. Quelques gouvernements l'ont subi,
mais aucun n'a cru devoir l'admettre, et de
toutes nos constitutions, celle de 1793 l'a seule
reconnu sans réserves. Loin de protéger le
pouvoir contre les clubs, la Convention avait, à
son début, entrepris de protéger la liberté des
clubs contre le pouvoir, et punissait d'une peine
de cinq à dix ans de fers tout attentat d'un
agent de la force publique au droit de réunion.

Ce droit, les Parisiens l'avaient affirmé dès
1789, en faisant du Palais-Royal leur premier
club. Ils le proclamèrent l'année suivante aux
Cordeliers et aux Jacobins.

Les principaux orateurs qui devaient prendre
part aux luttes de la Convention se rencontrè-
rent et fraternisèrent à ces libres tribunes. Le
but alors était commun. L'épithète de Jacobin,
qui bientôt devait désigner une faction intolé-

rante, s'appliquait indistinctement à Brissot, à Camille Desmoulins, à Robespierre, à Chaumette. Tant que la pensée de tous se traduisit par la guerre aux priviléges, par l'affaiblissement progressif de l'autorité royale, l'accord ne pouvait être troublé. Mais quand l'idéal depuis longtemps familier à Condorcet, à Brissot, idéal à peine entrevu par Robespierre, la République, devint une réalité, la scission fut inévitable entre les démocrates qui devaient former le groupe de la Montagne et les républicains qui allaient constituer le parti de la Gironde. Les Montagnards ne devinrent républicains qu'après le 10 Août. Attentifs aux aspirations de la foule, ils obéirent aveuglément à ses instincts, à ses colères ; ils furent souvent les interprètes de ses revendications légitimes, mais ne reculèrent ni devant ses méprises ni devant ses violences. Les Girondins, rebelles à toute transaction de principes, poursuivirent jusqu'à l'échafaud l'image de la République telle qu'ils l'avaient rêvée : vierge de dictatures, de représailles et de proscriptions.

Le club des Jacobins devint le quartier général de l'insurrection qui s'organisa au grand jour pendant le mois de juillet 1792. Ce fut de ses réunions que partirent les appels aux armes, ce fut dans l'une de ses salles que les fédérés formèrent un comité insurrectionnel. Déjà dans ses séances, de plus en plus tumultueuses, s'accentuaient les nuances et se révélaient les factions. Autour de Robespierre se groupaient Billaud-Varennes, Saint-Just, Legendre, Collot-d'Herbois. Près de Camille Desmoulins siégeait Danton. Çà et là, parmi les groupes, circulaient les hommes d'action : Santerre et ses sans-culottes, les délégués des sections et les patriotes méridionaux venus à l'appel des faubourgs.

Chacun dans Paris pressentait un grand événement. Ce frémissement indéfinissable qui précède les heures solennelles, parcourait la foule. Mais déjà on peut prévoir une prochaine et funeste scission entre les bourgeois et les artisans. La bourgeoisie, après avoir pris avec le peuple la Bastille, hésite à marcher sur les Tuileries. De ses fenêtres, du seuil des boutiques, elle jette un regard inquiet, presque hostile sur les groupes populaires. Pourquoi cette attitude ?

Écoutons Camille Desmoulins (1) :

« Les riches, les marchands, les rentiers, qui par tous pays ne sont ni patriotes, ni aristocrates, mais seulement propriétaires, bouti-

---

(1) Ce discours peu connu de Camille Desmoulins, et qui n'a été réimprimé dans aucune édition de ses œuvres, fut prononcé aux Jacobins le 28 juillet 1792. Voir le *Journal des Débats des Amis de la Constitution.*

quiers, rentiers, après avoir fait la Révolution avec le peuple contre le roi pour se soustraire au pillage et au brigandage de la cour, voudraient aujourd'hui faire la contre-révolution avec le roi contre le peuple pour échapper au pillage imaginaire des sans-culottes.

« La division de la France en quatre-vingt-trois départements et une constitution dont les bases sont toutes républicaines, *laissant entrevoir dans le lointain une confédération possible des départements entre eux, un démembrement de l'empire* et ces grands desséchements de l'impôt, n'a pu qu'alarmer une capitale toute peuplée de rentiers qui ne vivent que par l'impôt, et de détaillants dont le commerce ne peut se soutenir qu'autant que Paris reste le centre de tous les arts, le rendez-vous de tous les riches et la capitale de l'empire. *Et comme ils n'ont vu d'autre ciment politique entre les quatre-vingt-trois départements que la royauté,* tous les riches, tous les boutiquiers ont cru qu'ils devaient s'appliquer à fortifier ce lien afin de resserrer plus étroitement toutes les parties de la monarchie et que cette indissolubilité garantît leur fortune. »

Rien de plus clair. La nouvelle division de la France apparaissait, en 1792, comme un acheminement vers la fédération. La suppression des intendances, la restitution aux communes d'une partie de leurs droits, l'affaiblissement progressif du pouvoir central avaient alarmé les intérêts parisiens, et la bourgeoisie ne voyait de salut pour le principe unitaire que dans le maintien de la monarchie. Il importait de rassurer ces intérêts ; tel fut du moins l'avis de Camille Desmoulins qui, dans le discours cité, se prononce, mais seulement à titre d'expédient, pour l'indivisibilité républicaine.

C'est donc afin de ménager quelques intérêts

bourgeois menacés que la Révolution va se sui-
cider en s'organisant, et que va réapparaître la
raison d'État, qui bientôt deviendra le Spectre
rouge. C'est par tactique, sous l'influence de
préoccupations toutes transitoires, que la Convention organisera cette concentration puissante
des pouvoirs dont les ennemis de la République
s'empareront bientôt. On aura pour quelques
semaines sans doute rassuré les boutiquiers parisiens, mais la France entière va s'avilir devant
la politique inquisitoriale du Comité de Salut
public ; le tribunal révolutionnaire va condamner Vergniaud, Clootz et Danton, au nom d'un
peuple qui pendit Foulon, Flesselles et Ber-
thier ; on va discipliner les volontaires ; on im-
posera aux provinces des dictateurs étrangers à
leurs besoins, à leurs coutumes ; et, par une
contradiction bizarre, les auteurs de cette funeste
politique l'auront tous théoriquement désavouée.

Billaud-Varennes avait publié en 1791 un

volume intitulé : *L'acéphalocratie, ou le gou-vernement fédératif démontré le meilleur de tous dans un grand empire par les principes de la politique et les faits de l'histoire.*

Clootz, fervent individualiste, avait défini son idéal politique par cette phrase : « Permis à chaque canton et à chaque individu de se gouverner à sa guise pourvu que sa manière d'être ne nuise pas à celle d'un autre. »

L'auteur de *la France libre*, le rédacteur du *Vieux Cordelier*, aimait la Liberté d'un amour trop sincère et trop élevé pour être jamais un autoritaire conscient.

Marat, le dénonciateur implacable, fut en France, comme chacun sait, l'un des premiers et des plus ardents adversaires de la peine de mort.

Mais comme ils ont rêvé un accord possible

avec l'arbitraire, bientôt l'arbitraire se retournera contre eux. A ce sort commun, le violent Marat n'échappera que par une mort violente. La Raison d'État, qui va se personnifier dans l'avocat d'Arras, sacrifiera bientôt ses imprudents sectateurs d'un jour.

Brissot, lors de la fuite de Louis XVI, avait osé écrire que désormais la France était républicaine. Il en fut alors vivement réprimandé par Robespierre qui, dans le journal *l'Ami de la Constitution*, lui reprocha d'avoir, par le seul mot de République, « jeté la division parmi les patriotes, travesti les vrais amis de la Liberté en factieux et fait peut-être reculer la Révolution d'un demi-siècle. » Un aussi prudent personnage était bien fait pour présider aux destinées de la République française. Quant aux Girondins, on sait comment la Révolution, commentée par Fouquier-Tinville, leur tint compte de convictions antiroyalistes, prématurément exprimées.

Robespierre terrassant « l'hydre du fédéralisme, » fut représenté comme un nouveau saint Georges. Clubs et journaux s'acharnèrent sur le monstre. Des chansons populaires (1), des complaintes célébrèrent, avec accompagnement d'airs en vogue, la capture de cette nouvelle bête du Gévaudan. Mais le groupe robespierriste n'avait pas encore épuisé ce prétexte

(1) Voici le premier couplet d'une chanson extraite du *Chansonnier patriote* (1793).

Air : *N'allez pas, n'allez pas dans la Forêt Noire.*

Voulez-vous savoir ce que c'est
  Que le fédéralisme ?
C'est un monstre cruel qui naît
  De l'affreux despotisme.
Il est d'autant plus révoltant
Qu'il assassine en caressant.
Français, si vous voulez m'en croire,
Écrasons, écrasons cette bête noire !

fécond. « Tout pouvoir révolutionnaire qui s'isole, s'écria Saint-Just, est un nouveau fédéralisme. » Et la mise en accusation de la Commune fut décrétée.

Peu de mois après, le club des Jacobins, *épuré*, appartenait à ces intolérants sectaires parmi lesquels le premier Empire recruta tant de préfets et de sénateurs, plats-valets pour lesquels l'histoire n'aura jamais assez de piloris. Ce club brûlait solennellement un numéro du *Vieux Cordelier*, premier attentat à la liberté de la presse qui précéda de quelques semaines la mort de Danton, de Camille Desmoulins.

La dissimulation, la dénonciation, la calomnie passaient ainsi dans les mœurs, et la morale de la Compagnie de Jésus allait, au nom de la chose publique, être adoptée par la Montagne. C'est ainsi que Saint-Just, dans la plupart de ses accusations et notamment dans celles qu'il porta contre Danton, mit au service de son utopie gouvernementale une mauvaise foi manifeste. La prétendue complicité des factions dissidentes avec les puissances étrangères était une fable grossière à laquelle n'ont évidemment pu croire ceux-là mêmes qui contribuèrent le plus à la propager dans le peuple. On en peut dire autant du fédéralisme qui, si l'on s'en rapporte à la légende colportée dans les faubourgs par les proscripteurs du parti girondin, et si légè-rement accueillie depuis par tant d'historiens, aurait eu pour but le retour à la royauté par le démembrement de la France, par la création d'un ordre de choses où de petites monarchies absolues auraient pu se constituer dans la Ré-publique. De telles accusations, qui ont trop longtemps égaré le sentiment populaire, ne résistent ni à un examen attentif des faits, ni à la lecture des journaux girondins (1).

(1) Voir *le Bulletin des Amis de la Vérité; la Chro·*

Dès le début de la Révolution Brissot avait résumé, avec une netteté qui ne lui fit jamais défaut non plus qu'à ses amis politiques, sa conception du contrat fédéral :

« Les habitants d'une même cité, écrivait-il, ont le droit de se constituer par eux-mêmes en municipalité, c'est-à-dire d'établir une administration et une police pour tout ce qui peut être commun entre eux comme habitants de la cité ; les cités d'une même province ont pareillement le droit inaliénable d'établir une administration provinciale pour tout ce qui peut être commun entre toutes ces cités ; les assemblées municipales et provinciales doivent être, quant à leur objet et à leur pouvoir, bien distinctes et séparées de l'Assemblée nationale, qui ne doit embrasser que les objets communs à la généralité

nique du mois, par Clavière ; le Patriote français, par Brissot ; la Chronique de Paris, par Condorcet, etc.

du royaume ; néanmoins les principes snr lesquels doivent être appuyées ces assemblées na-
tionales, provinciales et municipales, ainsi que
leurs règlements, doivent être entièrement con-
formes aux principes de la constitution nationale ; cette conformité est le lien fédéral qui
unit toutes les parties d'un vaste empire. »
(Brissot, *Plan de municipalité pour la Commune
de Paris*, 1791.)

On voit que ce plan, plein de concision et de
clarté, loin de tendre à l'affaiblissement de la
nationalité française, devait au contraire rajeu-
nir et douer d'une puissance nouvelle les forces
vives de la nation en les émancipant sans les di-
viser. L'idéal girondin, en restituant au pays ses
franchises municipales et provinciales, liait en
même temps les communes et les provinces par
un contrat, ou constitution fédérale, qui garan-
tissait sur toute l'étendue du territoire l'exer-
cice des droits conquis et des libertés établies.

Une assemblée centrale statuait sur les intérêts généraux et veillait au respect de la constitution. Ce système affranchissait donc les provinces d'une funeste tutelle et sauvait cependant des réactions locales certains droits fondamentaux, devenus inviolables dans toute l'étendue des États fédérés. Il tendait à l'annulation absolue du principe d'autorité par l'affirmation des droits de la province contre l'abus du pouvoir central, des droits de la commune contre l'abus du pouvoir provincial et au besoin des droits de l'individu contre l'abus de tous ces pouvoirs.

Tout cela n'a pas empêché une certaine école démocratique de proclamer que l'unité française fut sauvée par le régime de la Terreur, et que sauver l'unité c'était sauver la France. La sauver de quoi, s'il vous plait? De l'invasion? — Pour repousser les Prussiens de Brunswick et les Hessois de Hohenlohe, était-il donc besoin d'envoyer Lebon à Arras, Carrier à Nantes, Jullien à Bordeaux, Collot d'Herbois à Lyon? Ou bien se fait-on fort d'établir que les volontaires, lorsqu'ils rejetèrent la coalition sur la rive droite du Rhin, aient eu en vue non la défense du champ paternel et des libertés conquises, mais celle de Fouquier-Tinville et de son tribunal?— Sauver la France! Mais de qui? Ce ne fut pas de Bonaparte, sans doute, ni des Bourbons, ni du 2 Décembre, qui se fit contre le fantôme de la Terreur.

Qui nous sauvera de notre foi dans les sauveurs !

III

LE NEUF THERMIDOR

Le régime de la Terreur, cet accident érigé depuis en système, perdra en dernier ressort son procès devant l'histoire. Il le perdra moins encore à cause du sang inutilement versé que parce qu'il a éteint les éléments de vie qui devaient rendre grande, forte, invincible la jeune République. Il le perdra parce que les lois contre les suspects rétablirent la police politique avec l'espionnage ; parce que des réquisitions militaires inopportunes, imprudentes, soulevèrent la Bretagne et la Vendée, ralentirent le magnifique élan des volontaires, affaiblirent dans l'armée l'esprit républicain et préparèrent le système de la conscription ; parce qu'une nouvelle religion d'État, qui eut son grand-prêtre, ses dogmes, ses excommunications, ses auto-da-fé vint prendre la place de l'ancienne ; parce qu'enfin des institutions, hors desquelles une monarchie ne saurait vivre, mais par lesquelles devait fatalement périr une république, furent reconstituées par les sectateurs de l'indivisibilité.

Comme tous les esprits autoritaires, comme Richelieu, comme Napoléon, Robespierre comprit qu'un pouvoir fort ne peut se maintenir au milieu de consciences émancipées. Il n'ignorait pas que la liberté absolue des cultes et des convictions philosophiques est incompatible avec tout autre régime que le gouvernement de soi par soi-même. L'idée d'une volonté surnaturelle et souveraine intervenant dans nos conflits terrestres a toujours été favorable aux despotes ; il n'est pas de tyrannie qui n'ait voulu avoir Dieu avec elle. En dehors même du principe sur lequel repose la croyance, principe si éminemment contraire à toute pensée d'affranchissement, le culte donne encore au dictateur ce suprême moyen d'action sur les masses : la mise en scène. On a vu de tout temps les pouvoirs mêmes qui affrontent la liberté de la presse, ne se point départir de tout droit de censure en ce qui concerne le théâtre; ainsi font-ils pour les solennités religieuses. La Commune de Paris, en 1793, n'avait pas cru devoir heurter ce penchant inné dans les masses pour le mysticisme et ses oripeaux. De là cette fête de la Raison dont s'engoua Chaumette, mais qui dut faire sourire de pitié Anacharsis Clootz. Robespierre put conclure de cette mascarade qu'à Paris même existaient les éléments d'une rénovation religieuse, et ce fut peut-être sous cette impression qu'il fit décréter l'existence d'un Être suprême.

Dès 1791 Robespierre, dans un discours prononcé aux Jacobins en faveur de la souveraineté du peuple, ce masque éternel de tous les despotes honteux, proclamait, à l'appui de sa

thèse, l'existence de « principes immuables
gravés dans le cœur de tous les hommes par
l'Éternel législateur. » C'était toujours au nom
du peuple qu'il devait deux ans plus tard proscrire la liberté de penser et dénoncer comme
athées les membres de la Commune. Son Dieu
n'admit pas plus que ceux des autres sectes les
contradicteurs ni les dissidents. — « Français!
s'écriait l'avocat d'Arras à la fête de l'Être suprême, vous combattez les rois, vous êtes donc
dignes d'honorer la Divinité! » et l'athéisme,
symbolisé par un monstre en carton, était solennellement précipité dans les flammes.

Le peuple souverain applaudissait à ces ba-
nalités déclamatoires par lesquelles s'ébauchait
l'œuvre impériale. Bientôt sa trop débonnaire
majesté Jacques Bonhomme allait accepter le
catholicisme napoléonien qui, avec le Concordat,
lui rapportait doucement et indirectement la
dîme. Si du moins le mal s'était borné là! Mais

nos sottises néo-théologiques : le sans-culotte Jésus, le dieu des bonnes gens, les êtres suprêmes distincts et variés évoqués pendant le règne de Louis-Philippe par les écoles humanitaires, l'union triviale et monstrueuse rêvée par la République de 1848 entre deux irréconciliables principes, toutes ces niaiseries et toutes ces fautes ont eu pour point de départ la tentative de rénovation religieuse commencée au club des Jacobins.

Dans l'ordre purement politique l'œuvre de Robespierre ne fut pas moins antirévolutionnaire. Quand la Convention, fascinée par « l'incorruptible tribun, » se fut *épurée* des factions dissidentes, elle entra avec fureur dans la voie gouvernementale. Ce fut alors une véritable orgie de réglementations et de décrets auxquels le Directoire et l'Empire n'eurent à apporter, dans la plupart des cas, que de biens légers perfectionnements. Écoutez Billaud-Varennes, le fédéraliste de 1791, parlant de l'organisation des districts (1) : « A le bien prendre, ce sont des leviers d'exécution tels qu'il en faut ; passifs dans les mains de la puissance qui les meut, et devenant sans vie et sans mouvement dès qu'ils n'en reçoivent plus l'impulsion. Leur exiguïté même rend leur dépendance plus positive et leur responsabilité plus réelle. Qu'ils soient donc chargés de suivre l'action du gouvernement sous l'inspiration immédiate de la Convention, et que les municipalités et les comités de surveillance faisant exécuter les lois révolutionnaires en rendent compte à leur district : voilà la véritable hiérarchie, que vous devez admettre également pour les lois militaires, administratives, civiles et criminelles, en chargeant de

(1) Rapport fait au nom du Comité de salut public sur un mode de gouvernement provisoire et révolutionnaire, par Billaud-Varennes, à la séance du 28 brumaire, l'an II de la République.

leur direction le Conseil exécutif, et de leur exécution les généraux, les agents militaires, les départements et les tribunaux, chacun suivant sa partie. » Pouvait-on définir avec plus de franchise le malheureux système qui livra pieds et poings liés la France aux fantaisies brutales d'un officier corse?

Par une confusion bizarre, le préjugé historique ne se lasse pas de représenter comme des démolisseurs, comme des anarchistes les constructeurs de cette grande machine gouvernementale qui englobe aujourd'hui tous les citoyens dans ses complications et dans ses rouages. Les Montagnards jacobins se montrèrent, pour notre malheur, hommes d'ordre à ce point qu'en faveur de l'ordre ils ne reculèrent ni devant les moyens policiers, ni devant la corruption, ni devant aucun des autres procédés dont les monarchies absolues leur avaient légué l'exemple. C'est ainsi qu'on trouva dans les papiers de Robespierre des axiomes comme celui-ci : « Il faut une vérité *une;* » ou : « Il faut que les sans-culottes soient payés et restent dans les villes; » ou : « Proscription des écrivains perfides et contre-révolutionnaires; propagation des bons écrits. » Puis c'est Payan qui écrit au Comité de salut public, à la date de messidor an II : « Que les fonctionnaires publics, responsables puisqu'ils sont *les ministres de la morale,* soient dirigés par vous; qu'ils servent à *centraliser,* à *uniformiser* l'opinion publique, c'est-à-dire le *gouvernement moral,* tandis que vous n'avez centralisé que le gouvernement physique, le gouvernement matériel (1). » Les citations de ce genre qui, transformées, sont devenues depuis pour certaines sectes de véritables articles de foi, pourraient former la matière de plusieurs gros volumes.

(1) Rapport fait au nom de la commission chargée de l'examen des papiers trouvés chez Robespierre et ses complices, par Courtois. Paris, an III.

Robespierre, à la veille du 9 Thermidor, ne voyait plus autour de lui que des complaisants et des serviteurs. La Convention elle-même dissimulait et méditait sa chute en silence. Le club des Jacobins, décidément *épuré*, semblait lui appartenir sans réserves. Des lettres où les formules républicaines du temps avaient été prodiguées, mais qui s'inspiraient d'un servilisme peu républicain, lui arrivaient de toutes parts, l'appelant doucement à la dictature.

Il avait cependant si bien su abaisser l'esprit public que la masse dont il avait été l'idole, désormais lasse, quasi-sceptique, saoule d'ailleurs de représailles et de sang, repue des accusations banales au nom desquelles on avait fait tomber les têtes de ses plus glorieux tribuns, resta le 9 Thermidor sourde aux appels désespérés de Henriot. Elle laissa les restes misérables de cette étonnante assemblée qui avait proclamé la République, frapper à terre l'homme devant lequel la France tremblait la veille, l'homme que désignait Isnard quand il dit à la Convention : « Qui êtes-vous? Le jouet d'un enfant féroce, une machine à décrets dans les mains du bourreau! » Un Tallien, un Fouché, un Barras, un Fréron suffirent à cette besogne. Quand Robespierre, sanglant et mutilé, passa dans la sinistre charrette, les imprécations de la populace s'élevèrent de toutes parts; on l'injuria, on lui jeta de la boue. Alors Robespierre, dit-on, haussa les épaules. Mouvement superbe, sans doute, mais qui dut bien moins exprimer le dédain que le repentir. Le démocrate autoritaire, courtisan de la foule et courtisé par la foule, abjura et maudit son erreur quand à cette heure suprême il subit l'insulte de la foule. Quel contraste avec la mort héroïque des Dantonistes, avec la mort sereine des Girondins!

Au club des Jacobins, dont certains membres semblaient déjà répéter le rôle qu'ils jouèrent

au Sénat de 1814, l'oraison funèbre de Robespierre devait être courte. « L'incorruptible tribun » devint après sa chute le « Catilina mo-
derne, » et c'est parmi les Montagnards que les
événements de Thermidor recrutèrent leurs plus
fervents adeptes. Peut-être, fit observer en plein
club le professeur de rhétorique Thirion, « peut-
être se croira-t-on bien fondé à nous reprocher
de ne nous être pas élevés contre l'oppression ;
mais qui blâmera jamais Brutus d'avoir joué le
rôle d'imbécile à la cour de Tarquin, en attendant le moment favorable de le frapper et de
sauver la liberté de son pays ? Qu'on sache que
la Montagne a suivi le rôle de Brutus ! »

IV

PRAIRIAL

Le premier souci des Thermidoriens fut de consolider au profit de la réaction les institutions de la Terreur. Les enthousiasmes de 1789 avaient cessé d'animer la province, d'où la vie politique avait été soigneusement bannie par les agents du Comité de salut public. Lyon se relevait lentement et péniblement de ses ruines; Bordeaux, après avoir été représenté par Gensonné, par Vergniaud, avait été gouverné par Jullien, un dictateur de dix-neuf ans; Nantes frémissait encore au souvenir de Carrier. Désormais, les départements, jouets dociles des caprices de Paris, se résignaient à leur impuissance, se réfugiaient dans leur inertie. Que signifiaient pour eux, en effet, les luttes des factions? Marat, Danton, Robespierre, leur apparaissaient à travers les actes d'hommes qui, dans la contrée même, avaient été les pourvoyeurs de l'échafaud. Puis, la centralisation accomplissait son œuvre funèbre. La nation qui, frémissante, avait salué l'aube républicaine d'un immense cri de joie, retombait dans la nuit. Bientôt elle allait perdre jusqu'au souvenir, jusqu'à la notion de la lumière.

Quelques sections des faubourgs de Paris, où fermentait encore l'esprit de la Commune, tenaient bon, seules en France peut-être, contre cette lassitude presque générale. Là dominait le sans-culottisme, comme aux beaux jours de la *Carmagnole* et du *Ça ira*. On y rêvait d'un suprême appel à la force populaire. Puis, les regrets des faubourgs étaient exaspérés par un terrible auxiliaire : la famine. « Tu n'as pas la parole ! » avait ironiquement crié la foule à Fouquier-Tinville, qu'on menait à l'échafaud. « Toi, canaille, avait répliqué en ricanant l'accusateur public, qui mourait sans foi politique comme il avait vécu, toi, canaille, tu n'as pas de pain ! » Il disait vrai. La question sociale, posée dès le début de la Révolution, sans étalage de mots, mais nettement posée, étouffée depuis par des luttes de personnalités et de factions, n'avait pu suivre un cours pacifique et normal ; elle renaissait impérieuse, menaçante. En attendant qu'elle produisît le manifeste des Égaux, elle poussait au 4 Prairial des femmes en gue-nilles sur les fusils des sections thermido-riennes, armait de piques les faubourgs, enva-hissait la Convention et se traduisait par ce cri de désespoir et de colère : Du pain! du pain (1)!

— Du pain et la Constitution de 93 ! criaient quelques voix. C'était, au fond, l'arsenal des lois

(1) Voir sur l'insurrection de prairial an III (1795) le remarquable travail de M. Claretie : *les Derniers Montagnards*. Paris, 1868.

terroristes que les sans-culottes disputaient
maintenant aux Thermidoriens. Ils cherchaient à
le ressaisir, trop oublieux de la facilité avec laquelle la réaction l'avait tourné contre le peuple, et la Terreur rouge se dressait de nouveau
en face de la Terreur bleue.

La Convention autour de laquelle vint se grouper une armée de muscadins, triompha. Elle
profita de sa victoire pour en finir avec la petite
minorité révolutionnaire qui siégeait encore
dans son enceinte. Sous l'absurde accusation
d'avoir *organisé* les émeutes de Prairial, d'avoir
soufflé aux femmes des faubourgs leur cri de
misère, six représentants, Romme, Duquesnoy,
Goujon, Duroy, Bourbotte, Soubrany, furent ar-
rêtés et condamnés à mort. Trois seulement furent exécutés ; les trois autres se poignardèrent
dans leur prison. Comme les derniers Girondins,
ces derniers Montagnards voulurent mourir en

hommes braves et en hommes libres, loin des hideuses curiosités de la foule.

A partir de Prairial, la Révolution, concentrée dans quelques quartiers de Paris, s'identifiera d'autant mieux à la forme démagogique qu'elle aura été plus ardemment persécutée, plus impitoyablement proscrite. Écrasée sous le despotisme des réacteurs, elle multipliera dans ses nouveaux programmes les formules autoritaires. L'utopie gouvernementale de Saint-Just, revue par Babeuf et combinée avec les aspirations égalitaires des faubourgs, produira le manifeste communiste des Égaux. Peu importait alors, hélas! le triomphe éphémère des Thermidoriens ou celui de Babeuf, puisque, parmi tant de confusions et de luttes sanglantes, la France, qu'elle devînt démagogique ou monarchique, voyait fatalement s'éteindre en elle le principe sauveur qui avait rasé la Bastille, proclamé la République, dicté *la Marseillaise*, repoussé l'invasion, ébauché la Justice : une foi profonde en la Liberté.

Ce peuple du 10 Août, qui semblait naître à la vie civique, qui, désormais, ne devait verser son sang dans la rue ou à la frontière que pour la conquête ou la défense du droit, ne laissa tomber Robespierre et ne resta sourd aux appels de Babeuf que pour trembler bientôt devant un nouveau maître, un homme rouge encore : Napoléon !

V

1815-1848

La vertigineuse période qui avait commencé comme un beau rêve par les revendications républicaines, et se terminait comme un cauchemar par les désastres de l'Empire, devait aboutir à un profond désordre dans les idées, dans les croyances, dans les aspirations.

Issu de la Révolution, le libéralisme voltairien n'était pas éloigné de désavouer son origine. Les hommes et les souvenirs de 1793 étaient trop près de la génération nouvelle pour qu'elle les jugeât avec impartialité, pour qu'une philosophie pratique se dégageât de l'histoire telle qu'elle pût être écrite alors. Aussi l'opinion antibourbonienne accepta-t-elle étourdiment, et à titre de conquêtes, certaines institutions dites révolutionnaires, mais d'autant plus volontiers maintenues par la Restauration que la République les avait empruntées à l'ancien régime. Le libéralisme de 1817 se fit centralisateur, intolérant, chauvin. De l'œuvre de la Convention il n'accepta que le mauvais côté.

Au-dessus de l'insignifiante petite guerre engagée avec les ultras, les jésuites, les croix de mission, apparaissent sans doute de nobles caractères, rebelles à l'esprit de leur temps, et qui lui refusent les concessions banales des politiques de profession. Tel Paul-Louis Courier, « l'ex-canonnier à cheval, » devenu le vigneron de la Chavonnière, tel aussi l'illustre *empoigné* Manuel. — Mais Paul-Louis, condamné par le jury parisien, échoua devant les électeurs tourangeaux, et Manuel; pris au collet par le vicomte de Foucault, ne fut pas réélu par les électeurs de la Vendée. L'orthodoxie libérale du temps tint pour suspects, ces deux

hommes qui mettaient en doute l'excellence du
régime du sabre, oubliaient les bienfaits du
18 Brumaire et détournaient leurs regards des
glorieux sacrifices humains préconisés par la
religion napoléonienne.

Ces confusions de principes amenèrent de
brillants esprits à s'éloigner du libéralisme
bonapartiste et chauvin pour rêver un accord,
d'ailleurs presque aussi illogique, entre les
Bourbons et la Liberté. Royer-Collard, Benjamin
Constant, Chateaubriand furent de ce nombre.
Ce n'était là d'ailleurs qu'un des petits côtés du
grand malentendu dont un homme de haute va-
leur, aujourd'hui oublié, le proscrit piémontais
Santa-Rosa, définissait ainsi l'origine : « La
liberté de tous ne peut exister que dans l'état
social. A quelles conditions? Comment? La
première chose est de mettre la Liberté au-dessus du pouvoir de la majorité. C'est ce que

Rousseau n'a nullement fait (1). » Ceci devrait depuis longtemps être un lieu commun, et n'est encore, un demi-siècle après Santa-Rosa, qu'un paradoxe.

Aucune idée nette ne se dégage des groupes politiques pendant les quinze années, fécondes en équivoques, qui suivirent le retour des Bourbons. A peine des aspirations républicaines plus ou moins vaguement formulées se réveillent-elles parfois dans les *ventes* de carbonari. Les déceptions qui suivirent les « glorieuses journées » allaient bientôt leur donner plus de vitalité ; mais elles allaient ramener, avec la foi républicaine, les fausses traditions qui chez nous lui ont fait tant de mal.

C'est de 1832, du combat de Juin au cloître Saint-Merri, qu'on peut faire dater cette appa-

(1) Lettre adressée à M. Victor Cousin (1824).

rition nouvelle du Spectre rouge. Le romantisme ne fut pas étranger aux tentatives héroïques et folles par lesquelles se signala la jeunesse d'alors. Les souvenirs de 92 et de 93, dont *le National* et même *la Tribune* n'acceptaient l'héritage qu'avec timidité, « sous toutes réserves, » s'affirmèrent en revanche dans le costume, dans le langage, et prirent un instant, sous cette forme très-innocente, possession de la rue. Aux brûle-gueules à têtes de poire des Bousingots la mode adjoignit bientôt les gilets rouges, les hautes cravates, les chapeaux jacobins. On vit pulluler des Robespierre et des Saint-Just de fantaisie. Malheureusement ces exhibitions inoffensives effrayèrent la bourgeoisie parisienne plus que ne le fit dix ans après l'invasion du communisme, et la rendirent tout simplement féroce dans la répression de l'émeute.

Les gardes nationaux qui, en 1848, devaient

crier : Vive la Réforme ! se montrèrent impitoyables en 1832 pour les hommes qui criaient : Vive la République! A Saint-Merri des boutiquiers de la banlieue se ruèrent avec l'intrépidité de vieux soldats sur les trois cents jeunes hommes qui, étudiants, artistes, presque tous bourgeois eux-mêmes ou fils de bourgeois, moururent gaiement pour leur idéal.

Sous un régime de tolérance presque absolue, — je dis tolérance parce que la Liberté n'a jamais été respectée dans sa plénitude par des lois françaises, — le gouvernement de Louis-Philippe eut facilement raison de l'émeute. Le parti républicain, grâce aux paniques bourgeoises, grâce surtout à l'indifférence populaire, en était alors réduit à cette minorité infime, qu'il est toujours facile, aux jours de lâcheté publique, d'emprisonner, de fusiller, de proscrire. Mais les lois impolitiques de 1835,

en supprimant les attaques directes, en res-
treignant le droit de discussion, vinrent ou-
vrir les voies à cette propagande sourde, silen-
cieuse, souterraine devant laquelle s'effondrent
tôt ou tard les despotismes. Pour quelques années, ces lois, dites *conservatrices*, supprimè-
rent l'émeute, mais elles firent beau jeu à la
Révolution.

De 1835 à 1838 date aussi une affirmation
nouvelle de la question sociale, et la naissance
de ces écoles humanitaires, communautaires,
fraternitaires qui en peu d'années firent de
nombreux adeptes parmi les ouvriers des villes.

Depuis Babeuf, les aspirations socialistes ne
s'étaient traduites que par les tentatives de
Saint-Simon et de Fourier. Quelques réserves
au droit absolu de propriété très-vaguement
formulées par le manifeste de la *Société des
Droits de l'homme* et aussi par le programme

du journal *la Tribune* (1) avaient seules attesté, dans le parti républicain, le souci de la question sociale. Le prolétariat, éloigné des systèmes de Saint-Simon et de Fourier par les formules scientifiques dont s'entouraient les deux écoles, accepta tout d'abord avec enthousiasme les données simplistes des continuateurs de Babeuf. La foi des babouvistes en l'efficacité de la force ne faisait pas seulement entrevoir la possibilité d'une solution immédiate et radicale du problème : elle donnait encore satisfaction à ce respect superstitieux du principe d'autorité, vieux regain de catholicisme et de servage auquel la masse, se crût-elle républicaine, n'échappera pas de sitôt. Les traditions napoléonniennes venaient renchérir sur toutes ces erreurs. Le rêve des communistes de 1840 c'était une dictature à la fois égalitaire et belliqueuse, c'était la fusion,

(1) Ce programme avait été rédigé par Armand Marrast.

en une direction unique, des politiques de Lycur-
gue, de Robespierre et de Napoléon. Dans les
sociétés secrètes des *Familles* et des *Saisons*,
où, contrairement à la *Société des Droits de
l'homme*, dominait de beaucoup l'élément populaire, le néo-jacobinisme fut promptement ab-
sorbé par le néo-babouvisme. Nous allons voir
à quelle conception gouvernementale aboutit
cette fusion des deux doctrines.

Les chefs du babouvisme étaient, vers 1836,
un homme de lettres, Charles Teste, un avocat,
Mathieu (d'Épinal), et le doyen du communisme,
impliqué jadis avec Babeuf dans la conspiration
des *Égaux*, le vieux Buonarroti. L'école égalitaire avait trouvé un protecteur, presqu'un
adepte, dans le marquis Voyer d'Argenson, ex-
préfet de l'Empire, à qui cette forme nouvelle
de l'omnipotence de l'État semblait renfermer
le secret de l'avenir des sociétés.

Le babouvisme contribua en France plus puissamment que toute autre doctrine à cette initiation du prolétariat aux conspirations, dont sortit la prise d'armes, aisément comprimée, de 1859. En 1840, des proscrits français, réfugiés à Londres par suite des derniers événements, constituèrent une « société démocratique, » et adoptèrent un ensemble de résolutions qui résumait leur programme social et politique (1). Ce programme concluait notamment :

1° A la création d'un triumvirat ; 2° à une organisation toute gouvernementale des théâtres, des fêtes, des clubs et de la presse, chargés de diriger l'opinion publique dans un sens révolutionnaire ; 5° à la faculté laissée aux triumvirs de nommer des hommes de leur choix à tous les

(1) Rapport sur les mesures à prendre et les moyens à employer pour mettre la France dans une voie révolutionnaire, le lendemain d'une insurrection victorieuse effectuée dans son sein. Londres, 1840.

emplois publics; 4º au maintien de l'armée permanente, régénérée par une propagande active
et par la nomination aux grades supérieurs
« d'hommes choisis avec la plus grande cir-
conspection; » 5º à une déclaration de guerre
immédiate à tous les rois; 6º à la centralisation
de toutes les industries dont l'État devenait, au
profit de la nation, l'entrepreneur suprême avec
une seule caisse et une direction unique; 7º à la
création de vastes maisons « qu'on pourra ap-
peler si l'on veut, dit le rapport, *ateliers nationaux,* » et dans lesquelles tous les travailleurs,
nourris, logés, également rétribués, travaille-
raient pour le compte de l'État; 8º à l'éducation
commune, obligatoire, chaque enfant devant
être, à l'âge de cinq ans, séparé de sa famille et
placé dans les écoles publiques; 9º à la suppression de la liberté de la presse (1); 10º comme

(1) Dès son principe le babouvisme s'était ouvertement montré hostile à la liberté de la presse. Voici

moyens pratiques de hâter la régénération sociale, à l'émission d'un papier-monnaie, à la
capitalisation dans certains cas de l'impôt,
à l'abolition de l'hérédité en ligne collaté-
rale, etc, etc.

Les théories renfermées dans ce manifeste et

en effet le projet de décret qu'on lit dans le programme
des *Égaux* :

« 1° Nul ne peut émettre des idées directement con-
traires aux principes sacrés de l'égalité et de la souveraineté du peuple; 2° tout écrit sur la forme de gouvernement et sur son administration doit être imprimé et envoyé à toutes les bibliothèques, sur la
demande d'une assemblée de souveraineté, ou d'un
nombre déterminé de citoyens au dessus de trente ans;
3° aucun écrit touchant une prétendue révélation quelconque ne peut être publié; 4° tout écrit est imprimé
et distribué, si les conservateurs de la volonté nationale jugent que sa publication peut être utile à la République. » (*Conspiration pour l'égalité dite de Babeuf,
par Ph. Buonarroti. Bruxelles, 1828.*)

qui depuis se sont souvent reproduites, en se modifiant de plus en plus toutefois dans le sens de la Liberté, — ce qui n'était pas difficile, — prouvent à quelles données enfantines se réduisait le socialisme en 1840. Les résolutions collectives dont on vient de lire le résumé sont sur ce point bien plus significatives que le droit au travail de Louis Blanc, ou l'Icarie de Cabet, ou tout autre système individuellement conçu. Bientôt, d'ailleurs, des écoles nouvelles s'appliquèrent à combler les lacunes du babouvisme. Vinrent d'abord les Icariens, avec *le Populaire*. Puis Cabet à son tour fut dépassé. En 1841 MM. J.-J. May, Desamy et Charavay fondèrent le journal *l'Humanitaire*, dont voici textuellement le programme, dans sa très-laconique franchise :

« 1° Nous devons dire toute la vérité. — 2° Il a été adopté que le journal serait en principe matérialiste. — 3° Nous demandons l'abolition de la famille. — 4º Nous demandons l'abolition du mariage. — 5º Nous adoptons les arts non comme délassement, mais comme fonction. — 6º Nous proscrivons le luxe. — 7º Nous voulons l'abolition des capitales ou centres de direction. — 8º Nous voulons la distribution des corps d'états dans les communautés suivant les localités et les besoins. — 9º Nous voulons le développement des voyages. »

Ce journal, qui définissait si brièvement et si bravement ses principes communautaires, n'exagérait en rien, ce nous semble, la logique du système. La recherche de l'égalité par l'autorité ne pouvait s'en tenir aux moyens termes proposés par MM. Pierre Leroux, Louis Blanc, Considérant, et devait fatalement aboutir à ces conclusions absolues. Comment le communisme n'aurait-il pas eu beau jeu, dans un pays mort à la vie civile, étranger au principe de la souveraineté individuelle, et dont les révolutions, loin de tendre à l'affaiblissement du pouvoir, avaient toujours visé à le consolider en le transformant? L'œuvre de propagande était à refaire depuis 1792. Il eût fallu pouvoir reprendre la Révolution à son origine, c'est-à-dire aux cahiers du Tiers-État, à ces revendications qui, dans leur cours normal, après avoir émancipé les provinces et les communes, auraient progressivement et pacifiquement émancipé les travailleurs. Mais le dogme autoritaire, impuissant à concilier les aspirations populaires et les résistances bourgeoises, créa, comme moyen terme, la théorie du droit au travail, dicta au Gouvernement provisoire de 1848 ses imprudentes promesses, et, en fin de compte, aboutit malencontreusement aux ateliers nationaux, dissous plus malencontreusement encore. Le peuple, désabusé des espérances qu'il fondait sur les hommes d'État du *National* et de *la Réforme*, répondit à tant de fautes par un désastre : Juin.

VI

JUIN 1848

Il est des périodes d'hypocrisie collective où
Tartuffe semble être le révélateur de la foi nouvelle. Ce fut ainsi qu'en 1848, trois mois à peine
avant le conflit de Juin, les accolades les plus
fraternelles parurent sceller la réconciliation
des classes.

On a depuis attribué à la bataille de Juin les
origines les plus diverses, sauf, bien entendu, la
vraie, trop simple pour qu'on en tînt compte.
Au lieu de convenir des fautes commises de part
et d'autre, le parti républicain, divisé en deux
camps, se renvoie encore la responsabilité du
lugubre événement.

Ce formidable soulèvement, suivant les uns,

fut le fait d'excitations ultra-révolutionnaires, accompagnées de menées bonapartistes et royalistes; son triomphe eût, par la terreur, ramené les Bourbons. D'après les autres, l'insurrection de Juin fut l'expression de l'idée révolutionnaire dans toute son énergie et dans toute sa pureté; sa victoire eût assuré, pour le plus grand bonheur de tous, la prompte solution du problème social et donné à l'Europe la certitude d'un prochain retour à l'âge d'or.

Quant à l'engagement contracté par le Gouvernement provisoire en faveur du droit au travail et désavoué par l'Assemblée; quant à ce fait brutal, hélas! et lamentable, que cent mille ouvriers, jetés sur le pavé de Paris par la dissolution des ateliers nationaux, se trouvaient sans pain, sans abri, sans espoir, l'esprit de secte n'a garde d'admettre ces prétextes futiles.

En 1795, quand les femmes des faubourgs se

ruèrent, hurlantes, à l'assaut de la Convention en criant : Du pain ! du pain ! quelques hommes ajoutèrent : et la Constitution de 93 ! et ce fut à ce dernier cri surtout que s'alarma la réaction. L'insurrection de Juin, qui demanda seulement du pain et n'arbora pas de têtes au bout des piques, prit cependant aux yeux de la bourgeoisie des proportions bien autrement monstrueuses que celle de Prairial. Aux maladives utopies des écrivains communistes on parvint à mêler les souvenirs de la Terreur, et les pauvres diables qui réclamaient ce droit à la vie dont ils avaient plus ou moins vaguement ouï parler, furent considérés comme des idéologues féroces.

Dix-neuf au moins sur vingt des révoltés ignoraient pourtant l'Icarie, le Phalanstère, le Circulus et jusqu'aux baraques en torchis de M. Louis Bonaparte (1). Les journaux socialis-

(1) Voir pour cette dernière et lumineuse solution de

tes : *le Peuple* de Proudhon, *la Vraie République* de Thoré, *le Populaire* de Cabet, *la Phalange* de Considérant, *l'Ami du Peuple* de Raspail, *l'Accusateur public* d'Esquiros, n'avaient cessé, d'ailleurs, de mettre les ouvriers en garde contre des excitations perfides et de les exhorter à la patience. La dictature du général Cavaignac, en sévissant contre ces journaux, éteignit les seules voix qui pussent encore rappeler au peuple que la cause de la République n'avait pas cessé d'être la sienne. Les décrets de l'Assemblée nationale firent de la devise qui les précède une étiquette banale et mensongère. En France le mot de République ne voulait plus dire Justice; bientôt même il ne signifierait plus Liberté. C'en était désormais fait d'une cause abandonnée de la masse, et qui, réduite au petit groupe de ses défenseurs de la veille,

la question sociale, *l'Extinction du paupérisme* de l'écrivain susnommé.

voyait se multiplier autour d'elle les trahisons
et les lâchetés.

La majorité immense obtenue aux élections
présidentielles par M. Louis Bonaparte, l'expédition de Rome, la nomination de M. de Falloux
au ministère de l'instruction publique, l'isole-
ment des républicains au 13 juin 1849, la suppression du suffrage universel, tous ces faits
tragi-comiques attestent le singulier désordre
qui se produisit alors dans la conscience publique. Du moins ces étranges événements, s'ils
achevèrent d'accentuer les antagonismes so-
ciaux, de jeter dans les intérêts le désarroi et le
trouble dans les esprits, donnèrent-ils en même
temps la preuve suprême de l'incompatibilité du
principe républicain avec un pouvoir fort, quel
que fut son prétexte et son masque. De toutes
les utopies de 1848 la moins pratique peut-être
avait été celle du Gouvernement provisoire qui
rêva la liberté avec la centralisation, la sécurité

pour les droits conquis avec une armée permanente, l'émancipation des consciences avec
une Église nationale, et le maintien de la forme
républicaine avec la souveraineté absolue du
suffrage universel, dont le premier acte fut d'é-
lire les délégués qui le condamnèrent à mort.

L'état de siége en permanence; une guerre à
outrance déclarée par les jurys à la liberté de la
presse; les vaincus bassement insultés; puis les
emprisonnements, les déportations, les fusilla-
des : voilà la République française à partir des
journées de Juin. Gribouille, emboîtant le pas
sur Prudhomme, allait se jeter, de peur d'un
Comité de salut public, dans les commissions
militaires. — Plus de bavards! ce cri dominait
parmi les bourgeois. Le niveau du sens moral
était alors si bas, que les honteuses publications
répandues par la réaction, celles de M. Romieu,
par exemple, ne soulevèrent même pas l'indi-
gnation publique. M. Romieu put saluer le prochain avénement du sabre, flageller le parle-

mentarisme, proclamer la déchéance politique de la bourgeoisie devant un pouvoir militaire, et, comme atténuation aux souffrances du peuple, demander sérieusement qu'on lui restituât... la loterie. Autrefois la France n'aurait eu qu'une voix pour crier : C'est infâme! elle disait alors : Comme il a raison!

Le peuple devint sceptique. Il regarda froidement Baudin et quelques autres grands citoyens tomber en héros sur les barricades ébauchées. Mais si l'histoire a de justes sévérités pour les lâchetés populaires, sera-t-elle jamais assez inflexible pour une bourgeoisie qui, affolée de terreur, accepta les ironiques réprimandes de M. Romieu et tendit l'échine aux coups de plat de sabre que lui distribuèrent paternellement ses « sauveurs! »

VII

LES ENSEIGNEMENTS DU DEUX DÉCEMBRE

Après l'aperçu rétrospectif qu'on vient de lire, peut-être n'est-il pas sans intérêt de rechercher comment les excès mêmes de cette réaction du 2 Décembre, qui attestèrent un si profond abaissement dans la conscience humaine, ont cependant contribué à remettre dans sa véritable voie la tradition révolutionnaire.

Depuis un demi-siècle trois questions politiques principales se sont affirmées, et de 1820 à 1848 les républicains s'étaient, sur ces trois questions, presque unanimement prononcés en faveur :

1° De la centralisation administrative et politique;

2º D'une armée permanente, avec ou sans abolition du remplacement militaire, point sur lequel les avis étaient partagés;

3º D'une Église nationale.

Aujourd'hui toutes les nuances républicaines se sont mises d'accord, — un peu prématurément peut-être, — pour revendiquer :

1º La décentralisation administrative;

2º La suppression des armées permanentes;

3º La séparation radicale des Églises et de l'Etat.

Ces trois réformes, irrévocablement acquises à un avenir prochain, sont un acheminement sûr vers cet ordre de choses qui, tôt ou tard, doit être amené par la logique des événements :

1° Abandon des préjugés de nationalité ; avénement du principe fédératif ;

2° Désarmement général et paix universelle. Réaction du bon sens public contre l'esprit de conquête et le militarisme, mis au nombre des monomanies dangereuses, et soignés à ce titre dans des établissements spéciaux ;

3° Liberté absolue des Eglises religieuses ou antireligieuses, désormais salariées par leurs seuls fidèles.

La réforme capitale, première et indispensable base d'institutions vraiment libres, est celle qui, en émancipant les communes, en rendant aux provinces, avec leur autonomie, la vie intellectuelle et la direction matérielle de leurs affaires, en apprenant enfin aux petites assemblées délibérantes, qui ne se croient rien, qu'elles doivent être tout, anéantira l'œuvre collective de Richelieu, Robespierre et Napoléon.

La France, en renonçant à son armée permanente, renoncera aussi à la politique d'intervention, et, pour le plus grand bonheur du monde entier, cessera de se croire le peuple-Messie. Elle pourra consacrer ses loisirs à la révision de son histoire nationale, et alors apprendra que depuis la guerre de l'indépendance en Amérique, c'est-à-dire depuis l'ancien régime, elle n'a jamais pris les armes que pour porter aux autres peuples le désespoir et la servitude. Elle s'apercevra qu'elle était en Espagne avec don Miguel, en Italie avec le pape, au Mexique avec Maximilien, en Chine et en Cochinchine avec les jésuites, et que si au dehors son nom a pu être béni, ç'a toujours été par les égorgeurs de républiques.

Quant à la séparation des Églises et de l'État,

son action ne sera pas moins heureuse dans le sens de l'apaisement des passions politiques et des rivalités de sectes ou de partis. Le catholicisme libre, absolument libre, et livré à ses propres forces, ne craindra plus les mesures intolérantes dès que lui-même aura cessé d'être intolérant. Puisse-t-il, parmi ces fidèles populations des campagnes dont il possède l'appui moral, trouver l'appui matériel qu'il semble en attendre! — Quoi qu'il en soit, ses processions circuleront dans les rues librement et sans avoir à redouter aucun outrage le jour où le drapeau rouge, comme tout autre signe de ralliement, pourra, au nom du même droit, être arboré en plein air.

La suppression des armées permanentes et celle du budget des cultes sont d'ailleurs les simples corollaires du mouvement qui depuis quinze ans se produit dans le sens de la République fédérale. Le travail lent et mystérieux qui pendant l'apparent triomphe du césarisme, s'est opéré dans les idées, groupera bientôt tout à coup les intelligences et les intérêts autour de ce principe qui s'impose à la logique révolutionnaire.

Proudhon avait prévu ce mouvement; il le définit et le devança. En 1863, quand parut son *Principe fédératif*, la presse dite démocratique garda sur le livre un silence prudent. Cette presse, alors dirigée par le triumvirat Havin, de Girardin, Guéroult, était, de par le monopole, fort bien achalandée. Pleine de tendresses pour les nationalités opprimées, elle était prodigue de caresses à nos propres oppresseurs. L'unité italienne s'affichait en grosses lettres au-dessus de ses boutiques, et les moustaches du roi Galant-Homme décoraient magnifiquement ses enseignes. Elle daigna même exploiter la popularité de Garibaldi jusqu'à concurrence d'Aspromonte, champ de bataille sur lequel ne s'aventurèrent pas ses sympathies. Gageons pourtant que le susdit triumvirat eût tenu compte du livre de Proudhon, s'il avait prévu que dans peu d'années la révolution espagnole et plusieurs congrès internationaux viendraient justifier les rêves de ce trouble-fête.

Tandis que l'idée politique passait par ces transformations, des modifications non moins significatives s'accentuaient en France dans le mouvement social. Les travailleurs, trompés une fois de plus par la tutelle gouvernementale, songeaient maintenant à baser leurs espérances sur l'initiative individuelle, sur la Liberté. La cherté croissante des loyers, l'élévation du prix des produits, proportionnellement bien supérieure à l'élévation des salaires, les ateliers nationaux inavoués qui, depuis 1852, ont endetté toutes nos grandes villes sans améliorer le sort des travailleurs, apprenaient enfin à l'ouvrier qu'il ne lui fallait désormais compter que sur lui-même. De là cette propagande mutualiste et ce mouvement coopératif dont l'extension rapide rendit bientôt sérieux ceux-là même qui avaient commencé par en rire.

L'*Association internationale des travailleurs*, dont le premier noyau se constitua en Angleterre, reçut vers le commencement de l'année 1864 les adhésions d'un petit groupe d'ouvriers français et fit alors promptement des progrès considérables. Organiser une ligue universelle du travail contre les priviléges du capital, unir et solidariser en Europe les intérêts des classes laborieuses, discuter les moyens pacifiques et pratiques d'émanciper les travailleurs, tel était le but de cette association.

Un premier congrès, auquel se firent représenter la France, l'Angleterre, la Suisse et l'Allemagne, eut lieu à Genève en 1866. Des manifestes lus à ce congrès, le plus complet et le plus significatif à tous égards, était celui des délégués parisiens dont les résolutions furent d'ailleurs votées à la presque unanimité par les autres groupes français ou étrangers. Peut-être ne lira-t-on pas sans intérêt un rapide résumé de ce remarquable document qui ne put alors être publié en France, et sur lequel eut d'ailleurs soin de se taire la presse monopolisée.

Le manifeste rappelait d'abord que la démocratie avait trop longtemps négligé le développement de l'initiative individuelle, trop longtemps déserté le terrain de l'étude, se préoccupant moins de faire des idées que de créer des personnalités. De récents désastres, de tristes déceptions, lui indiquaient une voie nouvelle. Le but de l'Association internationale était de hâter pacifiquement, une fois la Liberté conquise, l'affranchissement des travailleurs.

La première question posée était celle des

rapports du capital et du travail. Dans la société, le capital représente les services rendus par les travailleurs, et ce qui, aujourd'hui est travail, deviendra capital demain. La justice exige donc que l'égalité la plus parfaite préside aux rapports du capital et du travail, et par conséquent qu'à l'intérêt se substitue progressivement le principe du Crédit mutuel.

La seconde question était celle de l'enseignement. Le rapport se prononce contre l'uniformité de l'enseignement universitaire. Il repousse en principe toute intervention gouvernementale dans les questions d'enseignement comme dans les questions de travail. L'instruction professionnelle est appelée à être dans l'avenir étroitement liée à l'enseignement littéraire et scientifique.

Troisième question : Quelle est la meilleure forme de l'impôt? L'impôt tire son origine du tribut, du rachat imposé aux vaincus. C'est avant tout son signe de servitude. Il est aujourd'hui, d'après le rapport, progressif dans le sens de la misère, et n'est pas même proportionnel dans le sens de la richesse. On fonde pour les prolétaires des établissements de charité qui sont à la charge des prolétaires. Une réforme radicale de l'impôt ne peut d'ailleurs se produire qu'à la suite de modifications considérables dans toute l'organisation sociale. Le manifeste croit donc inutile d'entrer dans les développements auxquels pourrait donner lieu une étude approfondie de la question, et se borne à déclarer que le progrès doit rendre l'impôt de plus en plus direct.

Quatrième question : Armées permanentes. Elles enlèvent au travail les bras les plus vigoureux et entravent la production; c'est là, sans doute, un fait acquis. Mais le rapport tient surtout à envisager la question au point de vue moral. Or, la vie de caserne n'est pas seulement la négation même de la Liberté ; elle engendre encore chez ses victimes des habitudes de paresse que rien, dans la plupart des cas, ne peut effacer. Rentré dans la vie commune, le soldat est inhabile à redevenir ouvrier. A peine est-il apte aux petits emplois du fonctionnarisme. Les délégués parisiens affirment énergiquement le principe de non intervention. Ils déclarent que la patrie n'a besoin de soldats que pour la défense du territoire national, et qu'en pareille occurrence il n'est pas de meilleurs soldats que les citoyens armés.

Faut-il confondre la *coopération* avec l'*association?* Le manifeste présente l'idée coopérative comme diamétralement opposée à ces systèmes bien connus, qui donnent à la collectivité tous les droits, pour ne laisser à l'individu que des devoirs. Tandis que l'association centralise, englobe les forces individuelles, la coopération se borne à les grouper. Son principe, qui repose sur des garanties mutuelles pour l'échange des produits, laisse néanmoins à chacun de ses membres une pleine indépendance quant à la somme de production et de consommation. L'association, dans sa forme primitive, est un acheminement vers le communisme, tandis que la coopération, basée sur le libre contrat, donne pleine et entière satisfaction aux droits des minorités. L'association, enfin, subordonne à la collectivité l'individu, que la coopération affranchit de toute tutelle.

Il suffit d'indiquer ces résolutions principales, votées au premier congrès de Genève, pour établir l'immense transformation qui s'est accomplie depuis 1848 dans l'étude des questions sociales. La défiance si nouvelle mais si justifiée des travailleurs pour les promesses gouvernementales, leur appel énergique à l'initiative de groupes librement constitués, prouvent que le socialisme pratique, profitant des leçons du 2 Décembre, s'est modifié dans le même sens que l'idée politique pure. Ces symptômes prouvent encore que les travailleurs éclairés uniront désormais dans leurs revendications la Liberté à la Justice, et que la cause du peuple est plus que jamais devenue inséparable de la cause républicaine. Le communisme a sans doute, sous le nom de collectivisme, fait une inévitable réapparition aux trois congrès ouvriers qui ont suivi celui de Genève ; mais ses conclusions ont été vigoureusement combattues par la plupart des délégués français. Les communistes qui ont abordé la tribune avaient, du reste, cru devoir répudier les anciennes formules, oublier même le vrai nom de leur doctrine, et ont fait des efforts dignes d'une meilleure thèse pour rendre leurs idées conciliables avec la Liberté. Toute Église, quand elle cesse d'être orthodoxe, n'est pas éloignée d'abdiquer.

Il est bon d'observer que c'est en Russie, dans les centres manufacturiers de l'Angleterre et parmi le prolétariat belge, que les idées collectivistes ont aujourd'hui le plus de vitalité. La conclusion d'un tel fait est facile à déduire. De même que l'idée de la Liberté ne saurait naître dans une population encore vouée à l'ignorance la plus absolue, au servage le plus dur, le sentiment de la propriété, qui en est d'ailleurs un indispensable corollaire, ne saurait exister dans une population rivée à son labeur quotidien, condamnée à une misère sans issue. C'est également en France dans les centres les plus pauvres, à Lyon et à Rouen, par exemple, que le communisme compte un certain nombre d'adeptes. Quand la propriété sera vraiment accessible à tous par le travail, on verra s'évanouir ce dernier fantôme. Le *socialisme*, débarrassé de ses formules vagues et mystiques, s'appellera tout simplement alors la science sociale ; il aura cessé d'être la religion du désespoir.

Pour rentrer dans les données générales que nous nous sommes imposées, constatons que le principe d'autorité, battu en brèche dans les congrés ouvriers, n'a pas été moins vigoureusement attaqué aux congrès de la Paix. Les unes et les autres de ces assemblées, rompant ouvertement avec de fausses traditions, ont conclu, comme forme politique, à la République fédérale ; et, c'est encore à ce cri de : *Vive la République fédérale !* qu'a commencé et que doit finir la révolution espagnole.

VIII

LES INCORRIGIBLES

Deux erreurs capitales avaient rapidement creusé un abîme à la République de 1848.

La première consistait dans cette fausse conception de la souveraineté du peuple qui accordait au suffrage universel une quasi-infaillibilité ; qui le laissait statuer sur des libertés, sur des droits conquis la veille, et que l'immense majorité des électeurs ne pouvait connaître puisqu'elle ne les avait jamais pratiqués. Les républicains de 1848, grâce à leur définition trop absolue du mot *démocratie*, livrèrent ainsi pieds et poings liés la République à ses ennemis.

La seconde erreur, celle du plus petit nombre,

consistait à rêver, au lieu du gouvernement de tous par tous, le gouvernement de tous par un chef populaire. Quelques personnalités bruyantes espéraient de bonne foi transformer promptement, par une série de décrets, mœurs, intérêts, morale, croyances. Ces partisans d'une dictature avaient deux puissants auxiliaires : l'ignorance, qui si souvent transporte le préjugé monarchique dans la foi révolutionnaire, et la misère, pour laquelle les moyens les plus courts sont naturellement les meilleurs.

Malheureusement, à ces aspirations des adeptes de la forme démagogique vers une dictature individuelle, les démocrates ne répondirent qu'en affirmant plus que jamais la souveraineté illimitée du suffrage universel, c'est-à-dire la dictature collective. On hâtait ainsi de part et d'autre la victoire du principe d'autorité qui, en fin de compte, s'affirma à la fois par une dictature et par un plébiscite.

Ces leçons si sévères n'ont pas sans doute été absolument perdues puisqu'elles ont produit le mouvement que nous avons essayé d'indiquer dans le précédent chapitre. Mais l'idée nouvelle, il faut le reconnaître, est loin d'avoir encore pénétré les foules, et semble être restée parfaitement étrangère aux chefs officiels de la démocratie. Les mêmes catastrophes menacent donc l'avenir si nous ne nous hâtons d'utiliser les quelques libertés bâtardes arrachées au pouvoir personnel, en reconstituant la vraie tradition révolutionnaire.

Quand en 1868 la Gauche opposa son programme aux réformes indiquées dès lors par le gouvernement, l'occasion, certes, était belle pour formuler les aspirations de la jeune République. Il était dès lors facile de prévoir que les hommes de Décembre, devant la marée montante du dégoût public, allaient chercher un refuge dans l'équivoque, dans les concessions illusoires. On pouvait mettre le césarisme dans l'impuissance de donner à l'opinion des satisfactions même apparentes, en lui opposant simplement l'ensemble des réformes les plus généralement acceptées aujourd'hui par le bon sens public.

Dans l'ordre politique : liberté illimitée de presse, de réunion, d'association ; restitution aux provinces et aux communes de leur autonomie ; abolition de la conscription et suppression de l'armée permanente ; gratuité de l'instruction au premier degré et liberté de l'enseignement ; suppression du budget des cultes ; suppression de la police politique et création de toutes les garanties nécessaires au respect de la liberté individuelle.

Dans l'ordre économique : abolition des monopoles ; transformation de l'impôt ; suppres-

sion des octrois ; liberté absolue des grèves ;
souveraineté des assemblées départementales
ou provinciales dans la gérance des intérêts
locaux.

M. Glais-Bizoin seul se hasarda sur le terrain
économique. Il présenta deux amendements :
l'un contre les octrois, l'autre contre le monopole des tabacs. Aucun de ses collègues, si nous
avons bonne mémoire, ne crut devoir appuyer
ces motions incendiaires.

Dans l'ordre politique la Gauche de 1868
sembla prendre à tâche de rendre la besogne
facile et douce à M. Émile Ollivier. Si, par
exemple, nous nous reportons à l'une des questions les plus élémentaires traitées dans le
cours de cette mémorable session, celle de la
liberté de la presse, nous voyons que l'oppo-
sition dite radicale se borna à réclamer l'attribution des procès de presse au jury.

Peut-être eût-il été plus court de revendiquer l'abolition pure et simple de toute législation spéciale de la presse. Le fait était d'autant plus frappant que M. Émilé Ollivier, mieux avisé ce jour-là que ses anciens amis politiques, avait réclamé pour la presse, dans un amendement que signa aussi M. Maurice Richard, le régime du droit commun.

Cette proposition révolutionnaire dut jeter d'abord quelque froid dans le nouvel entourage du futur ministre. On se rassura bientôt. M. Émile Ollivier, en dépassant, — ce qui d'ailleurs n'était pas difficile, — les modestes prétentions formulées par ses anciens collègues de la Gauche, n'avait évidemment voulu que leur faire une bonne plaisanterie. Pour mieux le prouver, il nous octroie aujourd'hui, d'accord avec le centre droit, cette triomphante attribution des procès de presse au jury dont Paul-Louis Courier, Carrel, Godefroy Cavaignac et bien d'autres depuis ont connu les inépuisables bienfaits. Aux Delesvaux de la sixième chambre succéderont les Arthus Bertrand du *Pamphlet des Pamphlets,* et tout sera dit.

M. Émile Ollivier, embarrassé par le souvenir de son amendement, a écrit, il est vrai, dans une récente circulaire, que, suivant lui, toutes les opinions devaient être libres; mais il a en même temps établi, sur le délit de provocation aux actes, un système d'une ambiguïté si désespérante, qu'on peut à bon droit se demander si la situation de la presse, sous l'Empire libéral, ne sera pas plus désastreuse que sous l'Empire autoritaire. Laubardemont ne voulait que deux lignes de l'écriture d'un homme pour le faire pendre. Les procureurs impériaux n'en demanderont pas tant pour trouver un républicain coupable de provocation au vol, au viol et à l'assassinat.

Aux jours d'émeute, c'est-à-dire quand il

plaira à l'inamovible **M. Pietri** de lancer sur
une foule paisible des agents armés de casse-
tête, les procès de presse pleuvront après les
coups. Le ministère public persuadera à MM. les
jurés que les battus et les assommés des boule-
vards en voulaient à leurs familles et à leur
pot-au-feu, à leurs croyances et à leurs lapins
de garenne, et de monstrueuses condamnations
accableront les journaux républicains comme au
beau temps des paniques réactionnaires de 1849
et de 1850.

Tartuffe cependant, — car Tartuffe est devenu
libéral, — dira avec candeur :.

— De quoi vous plaignez-vous? Vous pos-
sédez cette tant désirée institution du jury
après laquelle vous avez si longtemps soupiré.
N'est-elle pas éminemment démocratique? Nie-
rez-vous le droit de la société, du peuple, à condamner vos doctrines si elles leur semblent

dangereuses, à vous imposer silence au nom de la majorité? Vous voyez bien que vous voilà battus avec vos propres armes.

Les républicains éclairés répondront à Tartuffe que, ce prétendu droit des majorités à condamner une opinion, à proscrire une doctrine, ils l'ont toujours nié et le nieront toujours; et que, dût l'institution du jury être enfin établie sur les bases les plus démocratiques, ils récuseraient encore pour la presse cette juridiction exceptionnelle parce qu'elle implique fatalement une législation spéciale.

Mais que répondront certains journaux et certains députés de la Gauche?

L'amendement de ces derniers n'excédait en rien l'idéal de M. Thiers. Son application eût sans doute donné aux jurés l'occasion d'acquittements plus ou moins nombreux, et aux avocats libéraux celle de jolis succès oratoires ; mais il eût mieux valu ne pas oublier que le sacrifice du principe à la tactique est, pour les causes honnêtes, la pire des tactiques.

En matière de presse, l'impartialité du jury est un rêve. Il est, par exemple, évident que, tant qu'une loi punira le délit d'outrage à la morale publique et religieuse, un jury composé de libres penseurs n'appliquera pas la peine dans les mêmes proportions qu'un jury catholique. L'écrivain acquitté à Paris aurait été condamné à Landernau. Or, tant que les franchises de la pensée devront être violées, nous aimons mieux qu'elles le soient au nom du pouvoir, c'est-à-dire par des juges, qu'au nom du peuple, c'est-à-dire par des jurés, car le plus dangereux des despotismes est celui qui affecte des formes démocratiques.

La thèse contraire pourrait entraîner loin.

Donnerez-vous à la société le droit de sévir contre des actes immatériels et ne relevant que de la conscience? Sera-t-il besoin d'un plébiscite pour que un ou plusieurs citoyens puissent professer une doctrine quelconque, le système matérialiste, par exemple, ou celui de Jean Journet? S'il me plaisait de propager ce qui, je le maintiens, est mon droit, les théories du bienheureux Ignace de Loyola, me trouverai-je exposé à comparaître pardevant un jury pénétré des idées de Port-Royal?

Si la limite qui sépare des intérêts collectifs les droits individuels avait été mieux tracée, nous en finirions promptement avec les confusions de mots les plus déplorables, avec les débats les plus longs et les plus oiseux.

L'individu a des droits qu'il doit au besoin maintenir contre le plus grand nombre ou même contre tous; la collectivité a, de son côté, des intérêts qu'il lui appartient de régler à sa guise. Mais ces intérêts sont purement matériels, tandis que les droits individuels sont presque absolument moraux. Si on intervertit les rôles en donnant à des individus le droit que, par exemple, ont aujourd'hui les préfets, de statuer sur des intérêts collectifs ; si en même temps on laisse aux majorités la faculté de statuer sur des questions purement morales, ne relevant que de la conscience, telles que la liberté d'écrire, de parler, de se réunir, de s'associer, nous resterons infailliblement dans les langes de la théocratie ou du césarisme.

Certains libéraux, que paraissent effrayer au plus haut degré les mots de *communisme* et de *collectivisme*, ne songent pas qu'eux-mêmes sont communistes en ce sens qu'ils veulent attribuer à la collectivité un pouvoir inquisitorial sur la pensée. Quant aux radicaux sincères qui professent les mêmes théories, ce sont eux aussi de communistes sans le savoir, mais des communistes absolus, et qui, dans leur fausse définition de la souveraineté nationale, ne s'arrêteront pas en si beau chemin pour peu que la logique des événements les y pousse.

M. Jules Favre a dit un jour, — après Mazzini, — que le principe d'autorité devenait légitime quand il émanait du peuple. Eh bien! il est temps que ceux qui poursuivent l'anéantissement de ce principe se séparent de ceux qui ne veulent que le transformer.

C'est, ne l'oublions pas, au nom de la souveraineté nationale qu'on a, en 1848, supprimé la liberté de la presse, fermé les clubs, déporté plusieurs milliers de citoyens, exilé les républicains, rédigé les lois contre les attroupements. Il faut en finir avec cette souveraineté-là comme avec les autres.

Il faut aussi que le principe républicain se dégage une fois pour toutes des coteries et des sectes.

Tandis que s'élabore laborieusement et lentement le nouveau programme de la Révolution, quelques esprits systématiques, plus prompts à se laisser séduire par la mise en scène que par le raisonnement, s'évertuent à ressusciter les anciennes formules, à relever les anciens décors.

Catholiques inconscients, ils se laissent guider par leur croyance à je ne sais quelles vérités révélées et par un respect aveugle de la tradition. La lutte, à leurs yeux, n'est pas entre l'autorité et la liberté, entre les priviléges et la Justice, mais bien entre les Jacobins, les Hébertistes, les Dantonistes, les Girondins. Les questions, à les en croire, n'ont pas, depuis trois quarts de siècle, avancé d'un pas. Tout se ré-

duit pour eux aux querelles de factions imagi-
naires, et le soulèvement qui, au lieu de piques,
emploierait des fusils, leur serait suspect de
modérantisme.

Ils s'inspirent à leur insu de tout ce qui reste
à notre pauvre France d'esprit religieux et monarchique. Substituer à un despotisme un autre
despotisme, à un culte un autre culte, celui de
la déesse Raison, par exemple, tel est l'idéal de
ces autoritaires hébertistes ou jacobins, communistes ou collectivistes, suivant l'étiquette
qu'il leur plaît de coller sur leur drapeau.

Leur châtiment est de fournir toutes les dé-
froques dont les ennemis de la République affu-
blent le Spectre rouge.

IX

LE DERNIER SPECTRE ROUGE

LE COMMUNISME CÉSARIEN

La bourgeoisie de 1852, qui a subi l'Empire parce qu'elle redoutait le communisme, n'a pas vu que l'Empire tendait plus que tout autre régime à introduire le communisme dans nos mœurs.

Une partie de la jeunesse actuelle est formée de bonne heure, dans les lycées impériaux, à la vie en commun, à l'obéissance passive, à une discipline toute militaire. Le principe d'autorité lui apparaît dès lors comme une nécessité sociale, et les idées de l'homme, quelque cours qu'elles suivent, s'affranchiront difficilement des premières impressions reçues par l'enfant. Quant à cette autre jeunesse, la plus nombreuse, que le hasard de la naissance voue aux travaux manuels, la caserne d'une part, de l'autre la grande industrie, l'englobent au sortir des écoles primaires. L'ouvrier n'échappe à la conscription que pour tomber, s'il n'est doué d'une intelligence supérieure et d'une volonté de fer, dans l'embrigadement des cités ouvrières, des sociétés du prince impérial, de Saint-Vincent-de-Paul ou de Saint-Joseph, de ces entreprises gouvernementales ou cléricales qui ont la discipline pour but et la bienfaisance pour prétexte.

Tandis que les casernes de l'État et celles de la féodalité industrielle s'élèvent de toutes parts, les communautés religieuses, elles aussi, se multiplient. Elles sont, non point tolérées, comme le veut le droit d'association chez les peuples libres, mais encouragées par l'État. Le nombre de ces communautés en France a quadruplé de 1852 à 1870.

Au-dessus de tout le reste, on voit s'épanouir

le parasitisme et l'insolence des fonctionnaires grands et petits. Une aristocratie de l'uniforme, aristocratie grossière, ignorante, brutale, s'est constituée, et des faits récents attestent cet état de choses honteux, qu'en France un agent de police est moins aisément atteint par la loi qu'un député de Paris.

Mais de quel droit les apologistes de cette politique d'asservissement viennent-ils aujourd'hui, libéraux de fraîche date, parler de démagogie, de despotisme de la blouse? De quel droit vous indignez-vous contre les utopies communautaires, vous qui avez été les grotesques apôtres du communisme impérial?

Regardez ce nouveau Paris, si insipide et si banal, ce Paris qu'on dirait créé pour les aubergistes, les sergents de ville, les filles et les rédacteurs du *Figaro :* ne pensez-vous pas que des ateliers nationaux, des dortoirs communs et des gamelles égalitaires s'y emboîteraient aisément ?

On a remplacé les anciennes maisons, aux appartements spacieux, par de lugubres blocs de moellons et de plâtre uniformément alignés et composés de cellules. On a remplacé les jardins plantés d'arbres centenaires par des puits infects qui tiennent lieu de cours ; on a élargi les rues, mais pour mieux rétrécir les habitations ; on a mesuré l'air au riche, on l'a interdit au pauvre.

Je le répète, regardez de près ces merveilles de notre décadence.

Une population régénérée par la Liberté ne saurait que faire, j'en conviens, de ces écœurantes lignes droites bonnes tout au plus pour des soldats ou pour des moines ou pour des Français du second Empire. Mais ne vous semble-t-il pas, en revanche, qu'à l'aide de quelques cloisons ajoutées aux premiers étages et jetées

bas aux derniers, le Spectre rouge s'y installe-
rait fort commodément?

Puissiez-vous, bonnes gens qui avez fait l'Empire, ne pas apprendre à vos dépens que la démagogie est sœur du césarisme; qu'elle a,
comme lui, pour morale la Raison d'État, la force
pour principe et qu'un seul point les distingue :
Le césarisme agit dans l'intérêt de quelques-
uns alors que la démagogie croit agir dans l'intérêt du plus grand nombre.

Vous essayez de persuader au peuple que la
Révolution doit venir d'en haut. Prenez garde
qu'un jour le peuple ne vous réponde : J'y con-
sens, pourvu que vous ayez pris le despotisme
en bas !

Votre progrès tranquille, régulier, bien pen-
sant, ce progrès qui a inventé les Rouher, les
Bismarck et les Ratazzi, qui maintenant invente
les Ollivier et les Prim, ce progrès qui a créé

l'Empire français et l'unité italienne et qui rêve l'unité allemande, ce progrès-là a fait de la démagogie comme M. Jourdain faisait de la prose. A-t-il assez uniformisé, réglementé, discipliné, abaissé, abêti l'Europe? Paris, grâce à lui, est une auberge mal famée, Venise est un chef-lieu de préfecture, et Francfort, dépeuplé par l'émigration, sera bientôt un tripot. Si Dieu lui prête vie, l'Europe, dans un avenir prochain, offrira l'aspect attrayant et varié d'une vaste rue de Rivoli où quelques milliers de badauds, entretenus par deux cent millions de prolétaires, flâneront et bâilleront sous l'œil vigilant des sergents de ville.

Vous n'avez pas mieux su faire la part du Beau que la part du Juste. Naturellement épris de toutes les mesquineries, vous n'avez respecté de notre passé ni ses grands souvenirs ni ses chefs-d'œuvre, mais seulement ses institutions iniques. Vous avez travaillé à ôter au peu-

ple, parqué dans vos armées et dans vos manu-
factures, tout sens esthétique, toute notion
d'individualisme, tout sentiment de liberté.

Ces droits dont vous avez omis de l'instruire
de peur d'avoir à les respecter chez lui, à quel
titre lui demandez-vous de les respecter ailleurs?

Pauvre France! monarchique ou démagogique,
te paieras-tu de nouveau de cette chimère : un
pouvoir équitable et fort tout à la fois, destiné
à façonner la société sur son propre modèle? Pauvre peuple! ne sauras-tu jamais que changer de
maîtres? Verrons-nous encore défiler une décou-
rageante série de révolutions et de réactions, de
dictatures individuelles et de dictatures collectives? Jacques Bonhomme, qui croit marcher,
tournera-t-il toujours dans le même cercle, ha-
letant et meurtri comme un cheval aveugle?

Une génération nouvelle naît en ce moment à

la vie publique. Sans injustice, sans ingratitude pour ses devanciers, elle peut cependant n'accepter leur héritage que sous bénéfice d'inventaire et profiter des sévères leçons de l'histoire. Qu'elle ne laisse donc pas dégénérer en querelles stériles de sectes et de personnalités, un mouvement devant lequel a déjà reculé le césarisme. La bourgeoisie et le prolétariat peuvent, en reniant à jamais la force, préparer la solution pacifique des funestes antagonismes qui les séparent. Il faut que les deux classes désarment et renoncent l'une à abriter ses priviléges derrière les chassepots, l'autre à l'espoir d'affirmer ses revendications par une dictature. Car le salut commun n'est ni dans un homme, ni dans un gouvernement, mais dans la Liberté, négation de toutes les oppressions, dans la vraie, la seule Liberté, celle-là qui rase les forteresses, anéantit les monopoles, déshabille les porteurs d'uniformes et de livrées, écrase les parasitismes ; la Liberté qui met le fusil du soldat dans la main du citoyen et lui dit : Maintenant veille à ton Droit; malheur à qui le menace !

C'est alors seulement que la réconciliation des intérêts sera scellée dans la fusion rapide et définitive des classes. Et c'est alors aussi que la carmagnole, que le bonnet phrygien du Spectre rouge tomberont pour laisser voir le petit chapeau et la redingote grise; puis sous le petit chapeau, la perruque du grand roi; puis, sous cette perruque, le bonnet de l'inquisiteur.

Mais nous ne démasquerons l'épouvantail qu'en réduisant l'État à une simple gérance d'intérêts collectifs; nous ne jetterons bas le mannequin qu'en plaçant au-dessus du suffrage universel lui-même dans la RÉPUBLIQUE FÉDÉRALE, la LIBERTÉ UNE ET INDIVISIBLE.

FIN

TABLE DES MATIÈRES

TABLE

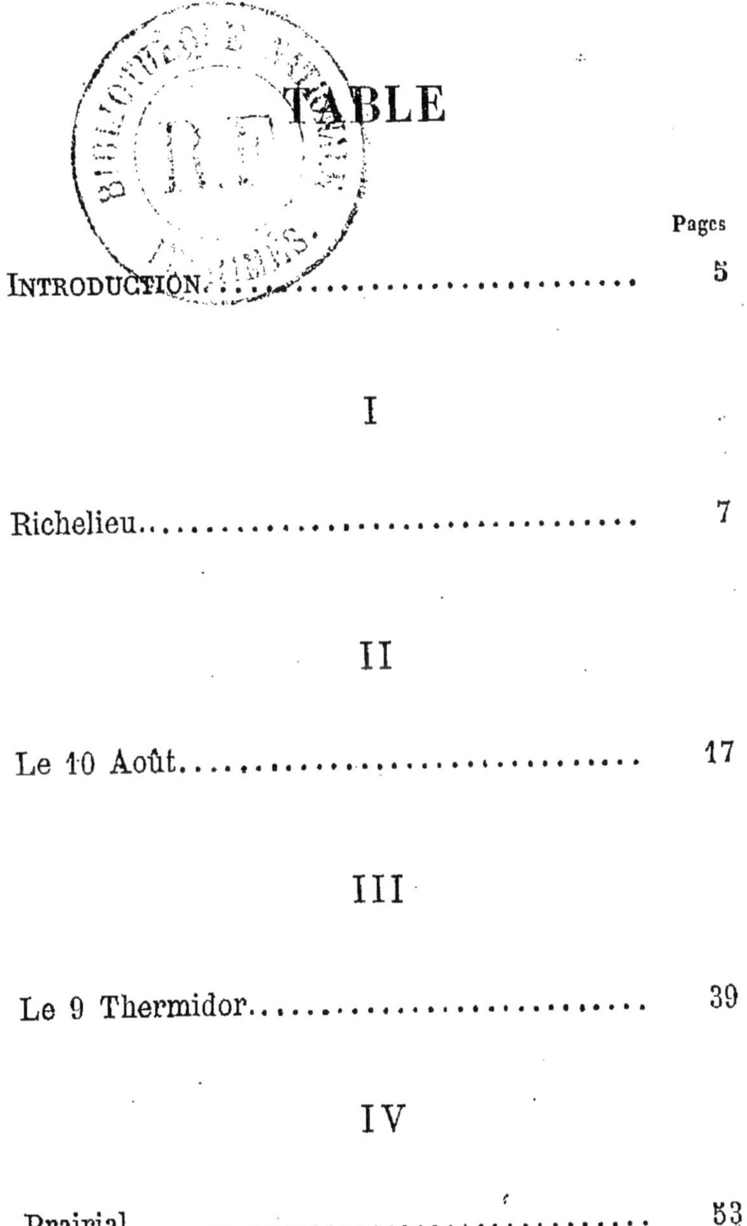

V

VI

VII

VIII

IX

LE DERNIER SPECTRE ROUGE

Campagne de 1813, par le lieutenant-colonel Charras. 1 vol. in-8, avec cartes...... 7 50

Waterloo, Campagne de **1815,** par le même. 2 vol. in-8, avec atlas...... 15 »

Histoire du Droit de guerre et paix, de 1798 à 1815, par M. Marc Dufraisse. — 2e édition, 1 très-fort vol. in-18...... 3 30

Armée (l') et la Révolution. — La paix et la Guerre. — L'Enrôlement volontaire. — La levée en masse. — La Conscription, par M. Ch.-L. Chassin. 1 vol. in-18...... 3 50

Loi militaire (la) de 1868, expliquée par demandes et par réponses (**Catéchisme des familles**), par MM. Isambert et Coffinhal-Laprade. 12e édition. Brochure in-32, 40 c.; par la poste...... » 50

Campagnes électorales (les) de 1851 à 1869, par Jean Albiot. 1 fort volume in-18...... 2 50

Paysan (le) : ce qu'il est, — ce qu'il devrait être, petite étude morale et politique, par M. Ferdinand de Lasteyrie. Brochure in-18...... 1 »

Réponse d'un électeur à la lettre d'un ancien constituant, par M. A. Gaulier. Brochure in-8...... 1 »

Réveil (le) d'un grand peuple, par M. Edgar Quinet. Brochure in-18, 15 c.; par la poste...... » 20

Révolution (la) par le suffrage universel, par M. Alphonse Lecanu. 1 vol. in-18...... 2 »

Vos députés et leurs votes, par Louis Herbette, avocat à la Cour de Paris. Brochure in-32, contenant le tableau des votes de tous les députés, 40 c.; par la poste...... » 45

Bilan (le) de l'Empire, par M. Horn, 5e édition. Brochure in-18, 40 c.; par la poste...... » 45

Crédit foncier (où en est le)? Lettre à MM. les députés au Corps législatif, à propos du traité provisoire passé entre la ville de Paris et le Crédit foncier. Brochure in-8, 50 c.; par la poste...... » 60

Crédit mobilier (le) et ses actionnaires, I. Création. — II. Opérations. — III. Résultats. — IV. Situation. — V. Démission de MM. Pereire et Salvador. Brochure in-8...... 1 »

Impôt (l') et son emploi, expliqués par demandes et par réponses (**Catéchisme du contribuable**), p. E. Isambert. 3e édition. Br. in-32, 40 c.; p. la poste   » 50

Libre-Échange (la production, la consommation et le) par M. Raoul Boudon. Brochure in-8, 50 c.; par la poste......................................   » 60

Démocratie (la) et M. Renan, réponse à la préface des *Questions contemporaines,* par M. Jules Labbé, de *l'Opinion nationale.* Broch. in-8.....................   1 »

Pamphlets d'un franc parleur, par M. Édouard Siebecker. 1 vol. in-18.....................   3 50

Révolutions (les), caractères et maximes politiques, par M. Pascal Duprat, ancien représentant. 1 vol. 18.....................   3 50

Sadowa (les Prussiens en campagne), détails historiques et anecdotiques sur la guerre de 1866, par M. Paul de Katow. 1 vol. in-18.....................   2 '»

Agonie (l') de la papauté, par M. Odysse Barrot. Brochure in-8.....................   1 »

Lettres d'un libre penseur à un curé de campagne, par M. Léon Richer, précédées d'une introduction par M. Ad. Guéroult, rédacteur en chef de *l'Opinion nationale.* 1 vol. in-18.....................   3 »

Question romaine (la) devant l'histoire, 1848 à 1867; actes officiels, documents, débats parlementaires, précédée de *France et Italie,* par M. Edgar Quinet. 1 vol. in-18.....................   3 50

Le Bilam de l'année 1868 : *l'Histoire, les Livres, le Théâtre, les Sciences, les Arts,* par MM. Castagnary, Grousset, Ranc et Francisque Sarcey. Volume in-18 fort de 200 pages. 2e édition.....................   3 50

Grands procès politiques (les) :
  Strasbourg, par M. Albert Fermé (1836). 3e édition. 1 vol. in-18.....................   1 50
  Boulogne, par le même (1840). 3e édition, 1 volume in-18 ....   1 50
  Conspiration Malet, par M. Paschal Grousset (1812). 1 vol. in-18.....................   1 50
  Le duc d'Enghien, par M. L. Constant. 1 volume in-18 ....   1 50

Louis XVI, par M. L. Constant. 1 vol. in-18.   1 50
Gracchus Babeuf et la conjuration des égaux, par
   Philippe Buonarotti, préface et notes par M. A.
   Ranc. 1 vol. in-18.....................   1 50
Les Accusés du 15 mai 1848, par Ernest Duquai.
   1 vol. in-18.......................   1 50
Le maréchal Ney, par George d'Heylli. 1 volume
   in-18.............................   1 50
Attentat d'Auteuil, procès de Pierre Bonaparte, par
   H. Lock, et revu par les avocats. 1 v. in-18.   1 50

**Discours de M. Jules Favre sur la seconde
expédition romaine,** prononcé e 2 décembre 1867.
   Brochure in-8.............................   1 »

**Liberté (la) de penser, fin u pouvoir spi-
rituel,** par M. Victor Guichard, ancien représentant. 1 très-
   fort vol. in-18, 5 fr. 50; par la poste.............   4 »

Mémoires d'exil (2e série) par Mme Edgar Quinet.
   1 vol. in-18.........................   3 50

Contemporains (les) par Ferragus (L. Ulbach). Série
   de portraits composés de huit pages de texte, avec portraits
   dessinés par Gilbert, gravés sur bois par Robert, tirés à part
   sur papier teinté. Chaque livraison sous couverture in-4,
   40 c.; par la poste.......................   » 50

   Ont déjà paru : Napoléon III, — Lamartine, — Rouher,
   — duc d'Aumale, — Victor Hugo, — Ledru-Rollin,
   — Haussmann, — L. Blanc, — George Sand, —
   Mazzini, — Sainte Beuve, — Garibaldi, — Émile
   Ollivier.

   Pour suivre sans interruption :
   De Lesseps, — le prince Napoléon, — maréchal Can-
   robert, — Thiers, — Veuillot, — J. Simon, etc.

Les Députés de la Seine, portraits intimes, par
   Fulbert-Dumonteil. 1 joli vol. in-18..............   1 »
Les Régentes de France, par Jules Labbé. Bro-
   chure in-18.............................   » 75
La Cloche, Journal politique quotidien. Rédacteur en
   chef, L. Ulbach. Abonnement de 3 mois, province 16 fr;
   Paris, 13 50.

Paris. — Imp. Émile Voitelain et Ce, 61, rue J.-J.-Rousseau.